언양별곡

임석

울산 울주 출생

2000년 〈국제신문〉 신춘문예, 《시조문학》 신인문학상 당선

시조집 『개운포 사설』 『돌에 새긴 원시』 『바위 벽에 잠든 바다』, 현대시
조 100인선 『들꽃의 노래』 등

제5회 울산시조문학상, 제37회 성파시조문학상, 2017 올해의시조문학작
품상 수상

울산시조시인협회 회장 역임

현재 한국시조시인협회 상임자문위원, 오늘의시조시인회의 부의장

lim-dream@hanmail.net

언양별곡

—

초판 1쇄 2022년 4월 25일

지은이 임석

펴낸이 김영재

펴낸곳 책만드는집

—

주소 서울 마포구 양화로3길 99, 4층 (04022)

전화 02-3142-1585·6

팩스 336-8908

전자우편 chaekjip@naver.com

출판등록 1994년 1월 13일 제10-927호

ⓒ 임석, 2022

—

* 이 책은 울산광역시문화재단으로부터 출판비 일부를 지원받았습니다.

—

ISBN 978-89-7944-800-9 (04810)

ISBN 978-89-7944-513-8 (세트)

한국의 단시조 035

언양별곡

임석 시집

책만드는집

언양은 예로부터

지리적으로 요충지였다

이를 증명이라도 하듯

지금도 언양에서는 오일장이 서고

우람한 바윗돌로 축성한

성의 둘레가 도심 속에 남아 있다

더구나 포은 선생이 유배 와서

유생들에게 학문을 전수했는가 하면

북구남작北龜南酌의 빼어난 절경이 있고

천전리 각석과 반구대 암각화가

타임머신 시곗바늘을 돌려놓았기에

별곡이란 주제로 작품을 빚었다

2022년 따사한 봄날에

임석

| 차례 |

2부　대곡천에 뜬 달

3부   비래봉을 바라보며

4부　　그 겨울의 작가촌

5부   작패천 풍광

1부

반구대 암각화

바위그림 풍경

기동성 뛰어났던 움푹 팬 통나무배

아기 고래
업은 어미
함께 데려오느라

한바탕 영역 다투다 이웃 되어 산다네

대곡천 이야기

대곡천 원시림에 아바타가 살고 있다

자맥질하던 고래 바위벽 뚫고 나와

공룡이 이사 간 집을 제 것인 양 꿰찬다

암각화박물관

빈 가슴 흘러들어 초록물 드는 계곡

A단조 밀어들이 반구산에 자리하면

대곡은
온통 보라색
유네스코 바람 인다

언양별곡

문풍의 발원지는 포은 선생 유배로부터

요도 반곡 고하 사학골 대곡천 반구대로

그 길 위
죄를 부리면 학이 되어 날아갈까

반구서원

언덕에 집을 지어
삼현재 당호 걸고

노구가 은거하니 반구바위 마주한다

때때로 변화무상이
시가 되어 좔좔좔

유허비

지붕에 와초 키워 볕을 쬐는 고가 한 채

비래봉 하대에서 선현의 뜻 새겨놓고

포은대 학 그림 보며 선비의 넋 기린다

반구대 너럭바위

갓끈을 고쳐 매고 시 짓던 청빈 선비

자리 펴
반석 위에

포은 선생 모셔놓고

서로들 휘갈긴 문장
몇 점 되나 두근두근

선유대

비 오면 대곡천은
물소리가 시끄럽다

이 계곡 어디쯤에
돌 바둑판 있다는데

오늘은
포은 모셔 와
묘수 하나 얻겠다

학鶴 울음

큰 바위 휘돌아서
우렛소리 내는 밤비

산의 뼈 변한 거북 아직도 기고 있다

청학青鶴은
목을 빼 들고
포은 선생 불러댄다

겸재 진경산수

비래봉 흑백 담채 붓질이 유감없다

축소한 자연 품을
화폭에 옮긴 천재

집청정 돌아들면은 울어 예는 반구천

반구대 비경

잘 씻긴 수석 한 점 수반에 올려놓고

정으로 쪼아 새긴 문장을 읊는 산새

저 원시
성지가 되어
발길들이 멎질 않네

집청정 시집

운집한 선비들이 삼백 년을 남긴 시문

3세기* 사백육 수
처마 끝 매달아 놓고

달빛을 비춰가면서 소쩍새가 읊는다

* 집청정 시집의 한시 406수는 17세기부터 18세기, 19세기에 걸쳐
제작된 것들이다.

녹석 벼루

반구천 연로硯路 지명
누가 이름 붙였나

돌에도 뜻이 있어
오랜 품격 닦은 걸까

벼루로 되살아나서
글씨조차 쑥색이다

향로봉

비래봉 맞은편에 촛대처럼 솟은 산정

한 마을 지킴이로
산 아래 굽어보며

반질한 연로硯路개수기 흐를 데로 흐른다

문필봉

반곡천 옛길 따라
고개 살짝 들어보면

포은의 붓끝 같은
뾰족한 산봉우리

향로봉 일필휘지가 대곡 물길 열었다

2부

대곡천에 뜬 달

대곡천 들국화

공룡 사는 오솔길에
소담스레 핀 들국화

누가 오고 가는지
아무 생각 두지 않고

혼자서
바람과 햇빛
동무하며 노니네

대곡천에 뜬 달

설화로 익은 선사
반구대 원시 낙원

붙들린 치열한 삶
바위 속 이미지들

동심원 달빛이 나와 작업 연대年代 높여주네

봄비 맞는 암각화

꽃 피는 봄이 와도 출항 멈춘 고깃배들

기다렸던 반구대엔
유생들만 왔다 갈 뿐

버텨 선 바위 벽면엔 비가 눈물 되었다

한실 땅 가을 엽서

떠나갈 시간 앞에 마음도 물이 들고

바람은 나를 불러 돌아보지 말라는데

손사래
치는 억새꽃
걸음걸음 붙드네

반구대 으악새

반구대 산자락에 붓을 꺼낸 은빛 선비

가을 시 지어가다
시조창 읊고 있다

물소리 따라 하다가 단풍에게 딱 걸렸다

집청정 가을

설레는 가슴들이
수를 놓는 작은 손짓

한바탕 바람 일면
저만치 멀어지고

그리운 가슴 가슴에 편지 쓰는 구절초

대곡 그 여름 수채화

여백이 참 고운
말쑥한 하늘 폭에

흐르는 꽃구름이
먹물 조금 묻혔더니

꽝 하는
굉음과 함께
번갯불이 번쩍 튄다

한실마을의 봄

아직은 연화산엔 백색의 점령군이

한 치 땅 숨결조차
허락 않는 골짜긴데

반구대
가재 불러내
간질이는 물소리

한실 도토리

산기슭 양지에서 회색 모자 벗던 날에

얼굴 흰 꼬맹이는 하늘 가서 별이 되고

햇볕에 검게 탄 녀석 언양장에 간단다

소암골 박쥐

호기심 자극하는 동굴 속 박쥐 가족

낮에는 낭만인 듯
물구나무 서 있다가

땅거미 깔리는 시간 무도회를 펼친다

두두리* 숲

숲속에 숨어 살며
도술 부린 두두리

두 개였다 네 개 되고
불덩어리 빙빙 돈다

새벽녘
소문도 없이
종적 감춘 빗자루

* 도깨비의 별칭.

선사인 메시지

하는 일 잘 안되면
반구대에 가보자

알 수 없는 그림문자
하나씩 풀어보고

그래도 답이 없으면 원시인을 깨우자

후리골 이야기

외양간 소를 몰아
뿔에 친친 감은 고삐

산 중턱 올라가서 꼴망태도 걸어뒀지

대곡천 물고기 잡다
휙 달아난 재산 1호

반곡천 가시붓꽃

반곡리 유배 길에
얼굴 상한 포은 위해

메이크업해 주려고
붓을 든 꼬마 여식

연민을 느껴서일까 보라색만 칠한다

반구천 수달

반구천 갈대숲에 수달이 살고 있다

몇 놈이 몰려가서
물속 밥집 겹도 주고

경비실 눈치는 뒷전 제멋대로 누빈다

3부

비래봉을 바라보며

서석곡 나들이

공룡이 놀던 땅에 갈문왕이 찾아와서

바위벽 문양 보고 서석이라 이름했다

아이들
봄 소풍 와서
물소리만 담아 갔다

대곡박물관

탑골샘 고헌산이 두물머리 이루는 곳

수몰된 잠방골은
박물관에 이사 왔고

밤마다
부엉이 울음
실향민을 깨운다

연화산 달맞이꽃

달밤에 피는 꽃이
달맞이꽃이라지

저 혼자 고독 씹는
한 여인을 보는 듯

이 밤도
돌아앉아서
흐느낌도 곱겠다

비래봉을 바라보며

대곡천 맑은 냇물 밤낮없이 흘러간다

깎은 듯
서 있는 듯
펼쳐 든 바위 병풍

유허비 언덕에 서서 온 천하를 호령한다

천전리 들풀

흙길에 눌러앉아 땡볕에 그을려도

결코 난 세상일에
끌려가지 않겠다

훅 하는
흙내 맡으며
땅심으로 살겠다

천전리 가을

천전리 생명들이 가을 채비 분주하다

탈색된 낙엽들은
휴지처럼 나뒹굴고

솔개는 텅 빈 하늘에 빙빙 원을 그린다

유월 천전리

은빛 햇살 찰랑대는 저 무논 어린 모종

열중쉬엇 차렷 하며
초록 책 펼쳐 든다

올챙이
꼬리 감추고
구개음을 배운다

연화산에 핀 산란山蘭

거친 벼랑 끝에 파랗게 살아 있는

눈보라
매운바람
칼춤으로 물리치고

촘촘한 봄볕 한 자락 대궁 끝에 앉힌다

화랑 연병장

지천에 한을 쏟아 퍼질러진 저 혈객

구령 맞춘 종달새가
풀피리 불어대면

빛바랜
파릇한 군복
함성 함께 깨어난다

돌멩이 탑

맨 처음 돌을 주워 누가 소원 빌었을까

한 층 한 층
또 한 층
하늘 밟아 올라갔을

아직도 다다르지 못해
여기저기 탑이네

천전마을에 뜬 보름달

천전마을 어머니는
강강술래 탑을 돈다

달 한 입 꿀꺽 먹고 소원 하나 빌어보고

다 자란 장독 같은 달 산마루에 얹었다

연화산 목탁 소리

내 몸속 달라붙은 허욕을 떼느라고

정이 된
소리 소리
불꽃을 튕겨댄다

비로소 무위자연이 눈과 귀를 틔운다

천전리 풍경

구곡이 흘러가는 공룡화석 집성촌에

백악기 주인 흔적 역사서 펼쳐졌다

빛처럼
달리는 KTX
쉬웅 하며 읽고 간다

각석 행렬도

두 척 배 오고 가고
여인이 춤을 출 때

토우 같은 기마 인물
유람 왔다 남긴 선각

태화강 뱃길 멈춰도
역사는 흘러간다

움집 원시인

산발한 원시인이 움집에서 나타났다

줄무늬 호피 입고
우와 우와 발 굴리며

통나무
배를 띄워서
고래잡이 나서네

4부

그 겨울의 작가촌

월림정 月林亭 야경

봉화산 마루 위에 선학 仙鶴이 날아오르면

작가촌 처마 끝에
등으로 내건 둥근달

초저녁 솔숲의 정자 그림에나 있을 듯

별빛 연못

별빛 노는 작은 연못
세월이 흘러든다

슬픔 뚝뚝 다 떨구고
거리를 배회하는

어느새
가을 끝에는
날을 새운 찬 바람

선학골 별밤

수묵빛 그리움이 채색된 유리창에

점등 켠 개똥벌레
안개꽃 피우는데

뒷산에
부엉이란 놈
베이스를 연신 넣네

월림정 설중매

무보중 찻잎을 따
찻잔 속에 띄워본다

손 시린 봄은 아직
토담 기웃대는데

불그레 매화 젖꼭지
눈을 현혹시킨다

작가촌 겨울

칠흑 같은 어둠 속에 지난 기억 다 지우고

된서리 맞고 있는 홍시 한 점 바라보네

모진 삶
견딘 자만이
저런 단맛 보겠지

둠벙 개구리

고막을 찢어대는
검은 밤 불청객이

안테나 세웠는지
주파수를 맞춰놓고

구개음
높은 음계로
어둠 밑동 찍어댄다

선학골 나팔꽃

격정에 시달리고 인정에 부대끼며

소소한 연민에도
웃음 잃지 않는 너는

어쩌면 하늘이 내린 행복요정 아닐까

새낭골 호박꽃

산방 담벼락에 호박꽃 불 밝혔다

사립문 열린 산장 제집인 양 드나들고

손처럼 뻗은 덩굴이 우주 향해 가고 있다

천전리 나비에게

집도 절도 없는 네가
어딜 그리 싸다니니

이 골짝에 산다는 게
더없이 좋은 거니

바쁜 몸 잠시 틈내어 여기 쉬다 가거라

대곡댐 가뭄

탈진한 구름 떼가 배밀이하고 있다

그리운 난타 공연
양철 지붕 불판 돼도

원정군
검은 비구름
무전기는 꺼져 있다

가지산 쌀바위

뚝 멈춘 바위 위에
구름도 걸터앉는

그 둘레 언양 땅을
병풍으로 펼쳐놓고

북서풍
요란한 밤에
학이 날아오른다

새낭골 개똥벌레

두엄에 버린 개똥
별이 되어 날던 그날

꽁무니에 불을 달고
하늘로 올라가서

아득히
안개꽃 피워
천전리에 뿌렸네

새낭골 초승달

말 못 한 그리움이
설레는 가슴으로

머문 듯 떠 있는 듯
하늘 가만 바라보면

다소곳
실눈을 뜨고
다가서는 그대여

천전리 암각화 앞에서

하마 배 뜰까 싶어
포구에 나와봐도

여인을 태운 말만
안타까워 흥흥 운다

반구천 물길은 돌아
천년 노래 부르는데

호박소

어디로 눈 돌려도 호박은 보이지 않고

맑은 물 솟는 계곡 물보라 그 속에서

둥실한 엉덩이들만 둥둥 떴다 갈앉고

5부

작괘천 풍광

읍성 사람들

섬처럼 살아가는 성안 마을 사람들

가지산 골짝 물로 물레방아 돌려대면

향 좋은 토종 미나리 파릇파릇 일어선다

부릿보

두 줄기 샘물들이 부릿보를 넘어가면

하얀 물살 거침없이 물방아로 달려간다

한바탕 읍성을 돌면

아낙네들 놀이터

고헌산의 봄

조각도 쟁기질로 불모지를 갈아엎는

빈 이랑 눈을 뜨는 고헌산 숨결 소리

공한지
사포질하며
도랑 물길 내주고

별 항아리

고헌산 골짝 물로
백토 반죽했더니

세월이 물레 돌려
노을로 불 지폈다

밤 되자 우주의 별이 항아리에 넘친다

덕천역 팽나무

수남마을 팽나무는 백 년 넘어 지키고 선

출장 온 중앙관리 늦은 밤을 땜질하고

갈아탄 흑마 한 마리 까마득한 한양길

작천정 사랑 이야기

구소는 사랑에 빠져 작천정을 접수했다

갈 곳 없는 헌산시회 巘山詩會
새소리만 들려오고

돌담에 시심이 걸려 작패천만 울어 옌다

작괘천 풍광

작천정에 학이 와서 단소를 빼어 문다

굽이친 물소리는
석공 되어 달을 깎고

곡류에 띄운 술잔이 시조 한 수 읊게 한다

언양장날

특별히 값도 없고
계산도 따로 없는

덤으로 집어 드는
다라이에 정도 듬뿍

먹거리
노을도 함께
이고 가는 아낙네

언양 물레방아

가지산 샘물 모여 부릿보가 넘쳐 난다

그 물살 희게 일어 읍성을 돌아 나와

통통히 살찌운 미나리 수라상에 오른다

작괴천

부로산 기슭으로
소리 소리 흐른 냇물

봇띠미 다리 지나
덕천역 빠져나갈 때

달빛 시詩
담은 술잔이
바위마다 널린다

가지산 일출

첫새벽 정적 깨운 석남사 목탁 소리

쌀바위 틈새에서
쌀 대신 약수 똑똑

햇무리 밀어 올리면 쏘아대는 오방빛

미나리 타령

임금께 진상했던 언양 고을 미나리가

온 마을 난전에서 차곡차곡 쌓여가고

성내로 흐르는 샘물 코로나도 접근 금지

헌산시회 巘山詩會

포은은 가고 없어도 시제 써낸 나뭇잎

모여든 자연 원생
장원을 앞다툰다

갑자기 장끼란 놈이 목소리를 높인다

영화루 주변 골목

저 오랜 세월 틈새
화폭이 된 골목 담벽

바람의 붓놀림이
담쟁이 그려간다

유생들 중얼거림이 읍성으로 튀면서

영남알프스

하늘에 닿을 듯한 산상벌 억새평원

사납던 높새바람
명상에 잠길 즈음

내원골 홍류폭포는 색색 음을 쏟는다

언양읍성 누각

동문 망월루

환호環濠의 슬픈 물길은 망월루로 흘러가고
둥근 건 단 하루뿐 꽉 찬 달 바라본다
이날이 오기 전에는 더디기만 하더니

서문 애일루

백 년 사는 인생은 또 몇이나 될까만
하루해 아껴가며 사랑으로 보살피는
효자는 시일이 줄어 섬길 날이 적음을

남문 영화루

화장산에 피는 꽃이 연못에 비쳐오면
복스러운 겹벚꽃이 화사하게 피어난다
청초한 도화의 전설 소지왕은 살아나고

북문 계건문

토성에서 변한 석성石城 낮은 여장女牆* 쌓아놓고
성내의 한낮 얘기 웃자라는 시간 속에
관아는 참미나리꽝 파란 밀밭 민가들

* 성 위에 낮게 쌓은 담.

향토 사랑의 포근한 시선과
맛깔스러운 표현

성범중 울산대학교 명예교수

1

임석 시인의 새 창작 시조집 『언양별곡』의 발문을 써 달라는 요청을 엉겁결에 수락하고 나서 저는 또 한 번 대책 없는 만용으로 숙제를 떠맡았다는 회한을 한동안 금치 못하였습니다. 한국 한시 전공자로서 틈틈이 우리 고전시가를 살피며 살아온 저와 시·시조 창작에 많은 노력을 기울인 임 시인 사이에는 그 활동 영역상의 간극이 있게 마련이지만 20년 넘게 수인사를 나누며 지낸 교분으로 제 역량을 넘어선 과제를 떠맡고 말았습니다.

작년 여름에 저는 임 시인과 함께 언양읍 마을해설사 양성 교육과정에 강사로 참여할 기회가 있었습니다. 제가 강의와 답사를 주도한 이틀 동안 암각화박물관 주차장에서 만나 대곡천 주변의 집청정, 반구대 등의 문화유산과 자연 경승을 함께 답사하였습니다. 그 과정에서 저는 임 시인이 두동면 천전리에 작가촌을 마련하여 대곡리 암각화와 천전리 각석, 대곡천과 작괘천 주변의 다양한 사물을 제재로 한 시조 창작 작업을 진행하고 있다는 사실을 알게 되었고, 그로부터 틈을 내어 한번 창작소를 방문해 달라는 요청을 받았으나 저는 작품을 탄생시키기 위하여 머리앓이하고 가슴앓이하는 그 현장을 찾아가지 못하였습니다. 그러나 그 끊임없는 고뇌가 이번에 번듯한 시조집으로 결실을 맺었으니 그간의 노고를 위로하는 마음으로 이 글을 씁니다.

2

이 시조집의 제목만 보고서도 우리는 작품의 제재를 짐작할 수 있습니다. '언양별곡'이란 말은 '언양'과 '별곡' 이라는 두 단어가 조합된 복합어입니다. '언양'은 시조집의 제재를 한정하는 공간적 범위이고, '별곡'은 한자어 '別曲'의 한글 표기입니다. 별곡이란 단어는 보통의 노래와 구별되는 특별한 노래로서 시조 또는 이별의 노래를 뜻합니다. 이 책의 내용으로 볼 때 여기에서 별곡은 시조를 가리키고 있습니다. 시조에는 평시조, 연시조, 사설시조 등의 형식이 있으나 이 시조집의 표제 아래에 '한국의 단시조'라고 밝혀놓았으므로 별곡은 단시조 곧 평시조를 의미합니다. 따라서 '언양별곡'은 언양을 제재로 한 평시조라는 뜻입니다.

이 시조집의 성격을 이해하기 위해서는 우선 언양이라는 지명을 살필 필요가 있습니다. 언양은 현재 울산광역시 울주군 언양읍 일원으로, 본래 신라의 거화현 지역이었는데 신라 경덕왕이 헌양현으로 고쳐서 양주군(현재의 양산시)의 영현領縣이 되었습니다. 고려 현종 9년(1018)에 울주에 속하였다가 인종 9년(1131)에 언양현이 되어 조선 초기까지 지속되었으며, 선조 때에 울산군에 속하였다가 광해군 때 다시 현이 되었습니다. 고종 32년(1895)에 언양군이 되었으며 일제강점기인 1914년에 울산군에 소속되었습니다. 이처럼 전반적으로 볼 때 언양은 울주/울산과는 하나이면서 또 둘인 독특한 정치·문화적 배경을 가진 지역입니다. 지금은 언양이 울산광역시 울주군의 한 읍으로 존치하고 있지만 울산과는 또 다른 문화적 전통의 줄기를 형성해 온 것입니다.

오늘날 언양 하면 불고기와 미나리를 먼저 꼽고 있습니다마는 역사·지리적으로 보면 언양은 수려한 산수로 알려진 곳이었습니다. '시인의 말'에도 나오듯이 언양의 절경은 북쪽의 반구대 유역과 남쪽의 작괘천 주변을 가리키는 '북구남작北龜南酌'이라는 네 글자로 요약됩니다. 이 밖에도 언양에서 눈만 서쪽으로 돌리면 바라보이는 영남알프스/울주7봉 중의 신불산, 간월산, 가지산, 고헌산의 웅장한 자태와 아담한 화장산, 부로산을 조망할 수 있습니다. 그 밖에도 언양 주변을 흐르는 남천, 작괘천 등의 개울도 갖추고 있으니 이곳은 하늘이 준 천혜의 산수를 갖추고 있습니다.

이 시조집에서 임 시인은 정감 있는 섬세한 시선으로 반구대 암각화 주변, 대곡천 일대, 비래봉 조망지, 작가촌, 작괘천 유역으로 영역을 나누어서 언양 지역의 역사적 전통과 주민들의 삶에 녹아 있는 문화적 배경을 훑고 있습니다. 이 책의 1부에서 4부는 '북구'에 해당하고 5부만이 '남작'에 속한다고 할 수 있습니다. 제재의 양적 불

균형은 시인의 시각과 의도 및 생활환경상의 친연성에 따른 배분이므로 제가 어떻다고 왈가왈부할 바 아니지만 외형적으로 '언양'을 제목으로 건 시조집이므로 남북의 구분에 따른 양적 균형도 고려하였으면 어땠을까 하는 생각을 해봅니다.

3

이 시조집의 작품 하나하나에서 임석 시인의 향토 사랑 정신을 엿볼 수 있고 언양 주변의 사물을 바라보는 포근한 시선과 맛깔스러운 표현을 살필 수 있습니다. 그 제재 생성의 시간적 배경은 선사시대로부터 현재의 이 시각까지 편폭이 매우 크지만 시인은 그 기나긴 시간대의 산물들을 현재의 시각에서 바라보면서 독자적 의미를 부여하고 있습니다. 시인이란 본디 객관적 대상에 주관적 의미를 부여하는 권한을 지닌 존재이기에, 시를 창작하는 것은 곧 대상의 의미를 재창조하여 규정하는 것입니다. 이 책에 실린 시조들은 임 시인의 시선에 포착된 대상의 독자적 해석이며 개성적 언어로 표현된 사물의 형상화인 것입니다.

이 시조집은 언양의 과거와 현재의 다양한 인공 및 자연물과 시인 사이의 충만한 감정의 교류를 바탕으로 하여 이룬 결과물입니다. 바위에 점과 선, 면으로 새겨진 동물이나 인공 및 자연물은 모두 시인의 대화 상대인 만큼 시인은 그 대상과의 간극 없는 대화를 통하여 새로운 의미를 만들고 있습니다.

하는 일 잘 안되면
반구대에 가보자

알 수 없는 그림문자
하나씩 풀어보고

그래도 답이 없으면 원시인을 깨우자
－「선사인 메시지」 전문

이 작품은 시간적으로 보아 초창기의 선사인을 대상으로 한 것으로, 반구대 암각화에 있는 그림문자를 해석해보다가 그 문자의 정체를 알 수 없으면 그 그림을 그리거나 조각하였던 당사자인 '원시인'을 깨워서 그에게 답을

물어보자는 제안을 담고 있습니다. 암각화에 숨겨진 비밀을 풀기 위한 방편으로 이것보다 더 확실한 방법은 없을 것입니다.

시인이 대화의 상대로 여기는 인물은 선사인뿐만이 아닙니다. 반구대 주변에 역사적 자취를 남긴 대표적 인물로 포은 정몽주 선생을 들 수 있습니다. 그래서 시인은 고려 우왕 원년(1375)에 언양의 요도에 유배되어 이듬해 중구일 날 반구대에 올라서 한시를 지은 포은을 소환하여 대화를 나눕니다. 「반구대 너럭바위」에서는 포은을 판정관으로 설정한 글짓기 대회를 열고, 「선유대」에서는 바위에 새겨진 신선의 바둑판에서 포은과 상대하여 한 판 두면서 묘수를 깨우치는 장면을 연상하고 있으며, 「문필봉」에서는 반곡천에서 바라보이는 뾰족한 향로봉이 포은의 붓끝을 닮은 것이라고 해석합니다.

갓끈을 고쳐 매고 시 짓던 청빈 선비

자리 편
반석 위에

포은 선생 모셔놓고

서로들 휘갈긴 문장
몇 점 되나 두근두근
　-「반구대 너럭바위」전문

　이 작품은 반구대 아랫자락에 펼쳐진 너럭바위를 보
면서 여기에서 선비들이 모여 시회를 열지 않았을까 하
는 상상을 펼치고 있는 것입니다. 그 시회에 포은을 시험
관으로 모셔서 시를 짓는다고 가정했을 때 일필휘지하여
글을 제출한 선비들이 심사위원인 포은으로부터 받을 점
수가 궁금하여 가슴 조이며 기다리는 모습을 상상하고
있습니다. 예나 이제나, 과거시험이나 백일장이나, 오늘
날의 중간고사나 기말고사나 할 것 없이 수험생은 누구
나 그 점수/결과가 나올 때까지 노심초사하는 모습을 보
였던 것입니다. 여기에는 시인의 과거 학창 시절의 경험
이 투영되어 있을 것입니다.
　또 대곡천 주변의 들국화, 하늘의 달, 반구대 으악새,
이곳 주변의 사계 등 오늘의 시점에서 접근할 수 있는 대
상을 다룬 작품도 있습니다.

아직은 연화산엔 백색의 점령군이

한 치 땅 숨결조차
허락 않는 골짜긴데

반구대
가재 불러내
간질이는 물소리
  ―「한실마을의 봄」전문

산기슭 양지에서 회색 모자 벗던 날에

얼굴 흰 꼬맹이는 하늘 가서 별이 되고

햇볕에 검게 탄 녀석 언양장에 간단다
  ―「한실 도토리」전문

　앞의 작품은 개울 저편의 연화산에는 녹지 않은 눈이
남아 있는데도 깨끗하게 흐르는 반구천의 물소리를 계곡

물이 가재를 불러내어 간질이는 것으로 해석하고 있고, 뒤의 작품은 한실마을에서 생산되는 도토리 중에서 제대로 영글지 않은 것은 죽어서 별이 되지만 잘 여문 놈은 언양장에 팔려가서 도토리묵으로 환생하는 모습을 그려내고 있습니다. 청정한 산수와 자연 생산물에 대한 과거의 추억을 소환하여 현재의 정황을 설명하고 있습니다.

또 천전리 각석을 중심으로 그 주변의 모습을 그리기도 하고 작가촌 주변의 다양한 자연물을 대상으로 한 작품도 있습니다. 특히 이 작품들에 등장하는 지명들, 예컨대 서석곡, 선학골, 새낭골, 월림정, 호박소 등은 잊어버린 아득한 추억의 현장을 추억하게 하는 힘이 있습니다. 이 가운데 몇몇 지명은 그 아버지의 아버지의 아버지나, 그 어머니의 어머니의 어머니를 떠올리게 하는 힘이 있어서 지나간 과거와 현재를 연결하는 언어적 마술을 실현하고 있으니 얼마나 아름다운 모습인지 가늠하기 어렵습니다.

산방 담벼락에 호박꽃 불 밝혔다

사립문 열린 산장 제집인 양 드나들고

손처럼 뻗은 덩굴이 우주 향해 가고 있다
　ー「새낭골 호박꽃」전문

　이 작품은 새낭골 산방의 담벼락에 핀 호박꽃을 보고
이 꽃이 대문 열린 산장을 자기 집처럼 드나든다고 하면
서 이 호박의 덩굴손이 우주를 향하여 간다고 하고 있습
니다. 곧 호박의 덩굴이 위를 향하는 것을 우주와 소통하
려는 손짓으로 파악하고 있습니다. 가냘픈 덩굴식물의
한 줄기에서 우주와 소통하려는 의지를 읽어내는 시인의
혜안이 놀랍습니다.

　또「천전리 나비에게」는 우리의 전통 시조 중의 하나인
"나비야 청산 가자 범나비 너도 가자"라는 시조의 "꽃에
서 푸대접하거든 잎에서나 자고 가자"라는 종장의 의경
을 "바쁜 몸 잠시 틈내어 여기 쉬다 가거라"라고 살짝 비
틀어 계승하고 있으며,「호박소」의 종장 "둥실한 엉덩이
들만 둥둥 떴다 갈앉고"라는 표현은 호박소에 드러난 바
위의 모습을 인체에 비유하여 생생하게 표현하고 있습니
다. 그 엉덩이가 누구의 엉덩이였을지는 독자의 상상에
맡길 뿐입니다.

이상의 내용이 '북구'를 읊은 것이라면 '남작'에 해당하는 5부는 그 포용 영역이 매우 광범합니다. 언양읍성(미나리), 부릿보, 고헌산, 덕천역 팽나무, 작천정과 작괘천, 가지산과 영남알프스, 영화루를 포함한 언양읍성 누각(망월루, 애일루, 영화루, 계건문), 작천정에 남은 구소 이호경李護卿의 사랑, 작괘천의 유상곡수流觴曲水, 가지산 일출 등 한마디로 표현하기 어려운 많은 대상이 포함되어 있습니다. 그중 가지산의 장엄한 일출을 다룬 것을 보기로 합니다.

첫새벽 정적 깨운 석남사 목탁 소리

쌀바위 틈새에서
쌀 대신 약수 똑똑

햇무리 밀어 올리면 쏘아대는 오방빛
　-「가지산 일출」전문

울산에서 새해 첫날이면 동해로 솟아오르는 한 해의 첫 태양을 보며 마음을 다잡으려고 많은 사람들이 간절

곳이나 대왕암, 주전 해변 등으로 나가지만, 산행을 좋아하는 사람들은 가지산 정상에서 바라보는 일출을 첫손가락으로 꼽으며 볼 수 있기를 바랍니다. 이 작품은 영남알프스 최고봉인 해발 1,240m의 가지산 정상에서 바라보는 해돋이를 포착하고 있습니다. 산 아래 석남사의 목탁 소리가 들리는 것은 시인의 심안心眼에 의한 것일 테지만, 시인은 바위 아래의 구멍에서 쌀이 쏟아져 나왔다는 쌀바위 전설을 염두에 두고 그 허황한 전설과는 달리 쌀 대신 떨어지는 약숫물로 독자의 시선을 이끈 뒤에, 끝부분에서 햇무리를 밀어 올리고 솟아오른 태양이 쏘아대는 눈부신 오방색의 복합 광채를 제시함으로써 가지산의 장엄한 일출을 그려내고 있습니다. 이 작품을 통하여 저는 지리산 천왕봉이나 설악산 대청봉, 토함산 일출 등 전국의 아름다운 산악 일출과 동일한 반열에 가지산 일출이 자리 잡았으면 하는 바람을 갖습니다.

4

마지막으로 군더더기 말을 한마디 덧붙일까 합니다. 공자가 『시경』의 시 300수를 한마디로 요약하기를 '사무

사(思無邪, 생각에 사악함이 없다)'라고 하였듯이, 임석 시
인의 이 시조집을 한마디로 요약하자면 시집의 작품 전
체가 한 편의 연시조적 성격을 띠고 있다는 사실입니다.
시인은 스스로 이 시조집을 '단시조(평시조)'를 모았다고
하면서 작품마다 개별 제목을 달아놓았으나, 이 시조집
은 하나하나의 작품이 모두 언양의 자연, 역사, 경물, 인
물을 대상으로 하고 있으므로 결국 전체가 '언양별곡'이
라는 하나의 연시조라고 해도 과언이 아닙니다. 이 시조
집이 이런 성격을 띠게 된 것은 언양이라는 특정 지역에
시인의 시선이 집중되었기 때문입니다.